行旅練習帖

揚見 文・攝影

目錄

輯一
自己的季節

輯二
降速時光

輯三
飛翔的符號

輯四
染淨之間

輯一

自己的季節

01
花鬘的圈圈

綻放的繡球，次第開成了一個圓圓的花環。
也讓本然的自性盛開吧！
美善的力量，將成圈圈漣漪，
傳遞出去。

@新加坡 v.s. 京都・日本
Singapore v.s. Kyoto・Japan

02

在地的香氣戳記

嗅到此起彼落
黃與白的協奏，
是每每回返這南方眾神之島的
確認。

@峇里島・印尼
Bali・Indonesia

03

大地與麥子

蒼芎下，
大地之母的蘊育，
麥子舞成豐饒。

@北海道・日本
Hokkaido・Japan

04
水邊信差

彷彿乘著粼粼閃動的天降之光而來。
水岸邊，放射著星芒的繖形花序，
呼應著遙遠水星的守護，
撐開了勇氣與清明的傘。

@巴登・瑞士
Baden・Switzerland

05
互放的燦爛

盡情的綻放吧！
然後，去看見
自他的美好。

06

善待自己

小心翼翼的托著一朵燦然，
輕聲的對自己耳語：
"Be kind to yourself."

@京都・日本
Kyoto・Japan

新綠之朝

順著蜿蜒小徑，
向初夏的維也納森林敲敲門。
抬起頭吧！
迎著朝陽的
一片新綠和我的微笑。

@ 維也納‧奧地利
Vienna‧Austria

08
蒲公英之歌

不是漂泊，
而是處處能安身。
遊方天地間，
當我張開白色之羽，
乘著風翩然降下，
落腳處便是家。
根，就在我的心上。

@羊角村・荷蘭
Giethoorn・Nederland

09

樹之獨影

一束束的光
送來熱力,
每片葉都與溫暖光合著。
風兒從另一頭
捎來另一棵樹的問候。
飛鳥銜著枝條,
在你的臂上暫歇。
偶爾,
雨會來拜訪一下你這片高地。
而地底的根哪!
吸吮著最甜的汁。

你以為的孤單,其實
有伴。

@ 喜馬偕爾邦・印度
Himachal Pradesh・India

10

櫻花之後

花開過之後，
就是累累結實。
那麼，
為何只選擇看見凋謝？

@台北的山櫻花・臺灣
Taipei・Taiwan

11
無懼

雨水是打在臉上了啊！
但總有風，
會替我拂乾；
總有陽光，
會暖我的片片之瓣。

@ 新加坡
Singapore

12

Interdependence

生命與生命之間，
存在著相互聯繫的關係，
而不是一種從屬關係。

13
戒矜

柔軟垂曳的
　　　　　　綠絲，
刷洗了
僵固而好為人師的那片
心的屏幕。

14
出路

沒有什麼能困住的。

@ 新加坡
Singapore

15
自己的季節

無論月令時序，
無論身處世界的哪個半球，
我有我的
季節。

@墨爾本・澳洲
Melbourne・Australia

16
通道

緩緩遊走在
遠古至今的參天之境，
彷彿旋入
另一個神秘的平行時空。

@京都・日本
Kyoto・Japan

17
背面的秘語

蜿蜒的石子路
隱沒松林間，
一顆完整而漂亮的松果
離枝而落。

捧在手心的倒置，
藏著一朵
蓮，瓣瓣清晰。

@喜馬偕爾邦·印度
Himachal Pradesh · India

一方沃土

@ 新加坡
Singapore

你所經歷的一切，
都是幸福沃土的所依。

19
滿月之思

月光擁抱著夜櫻，
你的溫柔
一直都在。

@京都・日本
Kyoto・Japan

20
勇者的定義

有一種堅毅
拔地而起，
彎折的臂膀都擔住了風雨。
守護，是唯一的語彙。

@京都・日本
Kyoto・Japan

21
果子的關聯

把蘋果送出去，
將可能再嚐到西洋梨或白葡萄的多重滋味
　與滋味裡的人情。
把蘋果藏起來，
將永遠只能啃著
你的蘋果。

@羊角村‧荷蘭
Giethoorn‧Nederland

22
蓮塘私語

污泥裡，
養份充滿。
所有的試煉，都開成
覺醒的剎那。

23

毬果絮語

@聖沃夫岡・奧地利
St. Wolfgang・Austria

和煦的陽光、乾淨的水，
連空氣都充滿清新的草香。
很多的要素造就了葉間一顆顆帶著淺藍的毬果。
果子們彷彿說著：
保有希望，
但不過度期待。

24
晨露

晨露潤澤著大地，
稻葉上點點都是透明的寶石。
旅人伴著幾隻住附近的雞，
在田梗子間
悠晃漫步。
嶄新之日，隨著蓋在泥土上的大小腳印，
拉開了幕。

@峇里島・印尼
Bali・Indonesia

25
夏色

不只是燃燒得火熱才足以成為舞台，
昂然的，還有靜綠的姿態。

@京都・日本
Kyoto・Japan

26
生命的地圖

都流轉過幾個生死了，
才在那片菩提葉脈上，
撥雲見日。

@ 菩提迦耶・印度
Bodh Gaya・India

27

Be Strong

可以生成，
也能給予。
關於勇氣與堅毅。

輯二

降速時光

01

線條

晨起繞寺之後，
散步返回。
完全升起的太陽，
讓窗子的縱橫爬上
牆。
窗台上，
剛剛點燃的煙供，
勾勒成另一種柔軟的
線條。

@ 岡格拉‧印度
Kangra‧India

02
夕陽之下

雲層落到夕陽之下，
就像詩裡說的「天低」。
前方的屋簷和樹叢，
有了光的影子。

進入感光元件的一切，
反映出眼前的色溫。
有很多因素，
呈現出這張相片的樣子。

@峇里島・印尼
Bali・Indonesia

03
位置

步入舊時代的豪宅風華，
當年的輝煌，現在的遙想。

瓦克魯斯大宅裡，
有個靜謐的角落。
面向庭院的精緻鍛鐵椅，
有一小段時間，
是屬於我的
位置。

@ 雪梨‧澳洲
Sydney‧Australia

04

時間之流

剎那的剎那，
你抓到了嗎？

@京都・日本
Kyoto・Japan

05
西藏村的清晨

錯綜的小巷弄裡，
天光
　灑落。
從熨斗中飄散的氤氳，
宣告著
一天的生活已然展開。
當旅人展翅起飛之時，
亦將是另一個
開始。

@德里‧印度
Delhi‧India

06
天球之弧

赤道以南八度的島嶼上，
遙遙天頂的星軌
圍著什麼畫出圓弧來？
深深藏在裡面的這顆心，
又繞著什麼在轉？

@峇里島·印尼
Bali · Indonesia

07

寧靜海

每當身心緊繃的時候，
別忘了，
回到心中那片無限寬闊的海洋。

心中的海洋，放大了狹窄；
心中的海洋，拉遠了短視。

心中的海洋，
一直在那裡，唱著
寧靜之歌。

@雪梨・澳洲
Sydney・Australia

08
暫停鍵

我只是暫歇，
沒有遙望什麼，
沒有深思什麼，
但我很快會再
　展翅。

@琉森・瑞士
Luzern・Switzerland

09

早餐的佐料

清晨斜斜的陽光，
灑上戶外的餐桌，
開闊的空間，
還有流動的風。
遠處傳來村子裡虔誠的唱誦，
和著近處的鳥鳴。
早餐，
不只是眼前的盤中飧。

@ 峇里島・印尼
Bali・Indonesia

10
寂中音

靜靜的，只聽見
陽光移步的聲音。

@京都・日本
Kyoto・Japan

11

聖湖甘露

@拉瓦爾薩爾・印度
Rewalsar・India

黎明雨後，朝陽接力，
聖湖成了光影幻境。

掛在心上的淚啊！
就拿出來曬一曬，漸漸
　　消融
　　　於天地。

12

顯相的映照

疏朗的午後，
窗上的每一格，
映出來的，都是
畫。
電車啊、雲朵啊、行人啊、陰晴啊、樹影與鳥兒啊，
倏忽變化著。

要讓什麼映在心板上，
端由自己決定。
而映上來的，
從不久駐恆在。

@阿姆斯特丹·荷蘭
Amsterdam · Nederland

13

星星眨眼

世界好不容易安靜了下來，
但星星仍眨著想念的大眼。
每一個閃爍，
都是送給你的
心意。

@峇里島・印尼
Bali・Indonesia

14
雲影天光

總是相伴的吧！
無論得見或
未見。
如雲影天光，
在明亮如鏡的心湖，
共徘徊。

@羊角村・荷蘭
Giethoorn・Nederland

15

降速時光

豔陽下，
平安神宮前的橘紅色慶流橋，
襯著腳踏車與鴿子，
緩緩。
巴士的窗，
成了最佳濾鏡。

@京都・日本
Kyoto・Japan

16
已讀未回

就只是聽著，
像把一些小小的石頭
投入深深的湖中，
連水紋都不成圈。
我和影子
說著話。

@新加坡
Singapore

17

網

縱線和橫線，
交錯再交錯。
每一分溫度，
就在綿密的網孔中，
沸騰。

@波卡拉‧尼泊爾
Pokhara‧Nepal

18

Present

當他細心的幫我倒出悶至恰到好處的精華，
當我注視著汨汨流瀉的琥珀色，
我們都在享受著
「當下」這份禮物。

@峇里島·印尼
Bali · Indonesia

19
巡弋

池中的巡弋
不為別的，
你
是我的歸趨。

@墨爾本・澳洲
Melbourne・Australia

20
夾縫

雨水親吻著石板路，
足以潤成一面面
鏡子。
咖啡館裡換來的些許乾燥，
轉動著時鐘上的兩針。
那道光，就這麼悄然的
穿過樓梗子和樹隙而來，
拖曳成一道
想望。

@ 烏特勒支・荷蘭
Utrecht・Nederland

21

蝴蝶效應　振翅，我的鱗粉
在你手中閃動。
己與彼都在相互依存性的運作中，
連結。

@新加坡
Singapore

22

春泥之護

落下的，
不是句號，
只是化為另一種樣態，
存在。

@京都・日本
Kyoto・Japan

23

踩腳踏車

左邊和右邊的踏板
一圈一圈牽動著鏈子。
往後踩,不是空轉就是煞停。
所以,用點力、持續的向前踏吧!

@羊角村・荷蘭
Giethoorn・Nederland

24

造型與功能

是A也是B，
誰說世界只能是一種答案？

@聖戈阿爾・德國
St. Goar・Germany

25
交集的視線

空氣在倏忽之間止靜，
時間和空間彷彿凝固，
在你我相視的交會中。

@喜馬偕爾邦・印度
Himachal Pradesh・India

26
人間舞台

@布達喬維奇・捷克
CeskeBudejovice・Czech

彷彿裝上了紅色漸層鏡，
從天際而來的打光術，
走的是奇幻風格。
而我們
就在這偌大的劇場裡，
盡情舞動。

27

張帆迎風

一張敗部復活的設計圖，
成就出一座世界文化遺產。
揚起的每一片風帆，
灌注了風，
飽滿著任何可能。

@雪梨・澳洲
Sydney・Australia

輯三

飛翔的符號

01

找答案

困惑，是提問
最純粹的原因。
踏上探索答案的
精神之路，
獨行。

@新加坡
Singapore

02

庫莎山頂

向著陽，
眺望著眺望。

@布里斯本・澳洲
Brisbane・Australia

03
啟程

起飛時，
停機坪正滂沱。
起飛後，
爬升再爬升，
穿越再穿越。
彩霞上的滿月，
透過明亮的光，
慈愛的關照著。

@ 高空飛行
Flying at high altitude

洞之隨想

聯想與想像
是飛往樂趣的雙翅。

@首爾·韓國
Seoul·Korea

一個角落

向內尋找著，
一個安靜的角落，
在影子線條
　　移動角度時，
感覺時間。

@新加坡
Singapore

06
口上修

世上有四種話不能說：

虛妄不實的話；

挑撥離間的話；

散亂無益的話；

污穢毀辱的話。

修養

就在說與不說之間。

@峇里島‧印尼
Bali‧Indonesia

07

愛無限大　　　　　用關愛圍成的
　　　　　　　　　　是無限。

@布拉格・捷克
Pargue・Czech

08

飛翔的符號

陽光穿過如羽翼般的幾何三角，
在通往音樂廳的牆上，
飛翔。

@濱海藝術中心・新加坡
Esplanade・Singapore

09

彩虹地球村

朝陽下，
彩虹現蹤，
和尤加利樹油與空氣，
在藍色氤氳中，
遊戲。
落地窗前的共賞，
不分國籍。

@藍山國家公園・澳洲
Blue Mountains National Park・Australia

10
試圖看清

裂縫太微小，我看不清楚你；
光線太幽暗，我看不清楚你；
過往太悠長，我看不清楚你。

好吧，我承認，
是我視力不好。

@良洞・韓國
Yangdong・Korea

11

家

機場是起點
也是終點。
旅途的扉頁從這裡拉開，
家的回返亦從這裡扣門。

心，其實也有個家。
當忙亂迷失當疲累無力當傷痕刻印，
都可以讓自己回到
心的家。

@蘇黎世・瑞士
Zurich・Switzerland

光明之門

用懷愛、智慧與力量為鑰，
推開那扇通往光明的大門。

@炯達拉・印度
Chauntra・India

13

鏡中古城

披著日將沒入的微光，
穿越科瑪舊城區的小巷。
路口的反光鏡上
凝住了
瞬間的靜悄。

@科瑪・法國
Colmar・France

14
試管之彩

試一試,實驗出
不設限的創造力。

@ 新加坡
Singapore

15

編織天空

荊公有詩：
「暗香一陣連風起，知有薔薇澗底花。」
眼前密集的凝結尾，
正在編織天空。
不遠處，
或許有座繁忙的機場，
送往、迎來。

@法瑞邊防
the Border between France and Switzerland

16
圓頂蒼穹

獅城最古老的博物館，
散發典麗的殖民色彩。
圓頂上羅列著五十片彩繪玻璃，
繞成優雅的圓，
自成一個
小宇宙。

@新加坡國家博物館・新加坡
National Museum of Singapore・Singapore

17
箭頭的指向

向左或向右，
都還在迷霧裡。

要擁有更安適的心靈、
更健康的生活、
和更有意義的人生，
是一種自覺的
選擇。

@哈芝巷・新加坡
Haji Lane・Singapore

18

魔幻時刻

這是一段璀璨而短暫的
魔幻時刻。

離開寺院，
迂迴於下山之路，
遠方，
金黃天光鋪開，
一如
夢中淨土。

@喜馬偕爾邦·印度
Himachal Pradesh · India

19
弧線

不會讓你讀出任何失望，
因為，所謂的期待，
會隨著你的弧線
微調角度。

@阿姆斯特丹・荷蘭
Amsterdam・Nederland

20

煩惱自解

@首爾‧韓國
Seoul‧Korea

所有的麻煩
都是自己給自己的。
開鎖吧！

21

雙雙

有一種默契，
不待言說。

@新加坡
Singapore

22
想念的出口

把深藏的祈願小心上傳，
託自由漂浮的雲朵
乘著光翼
做信差。
寬廣的虛空，
是想念的
出口。

@台北・臺灣
Taipei・Taiwan

23
愛的質地

磨著，磨著，
堅硬之石都去了稜角。
愛，就這麼餘下了
圓潤的質地。

@ 首爾・韓國
Seoul・Korea

24

我是誰

大學裡的個人置物櫃
以各種方式，宣告著
每個我以為的
我。

我，是我；
我，也不是我。

@ 新加坡
Singapore

25
堆疊

每一片葉子，
都書寫著一則故事，
說成了一部
季節的史傳。

@北海道・日本
Hokkaido・Japan

26
煩惱的真相

翻開來，去洞見
煩惱的背後，
美麗而清晰。

@ 新加坡
Singapore

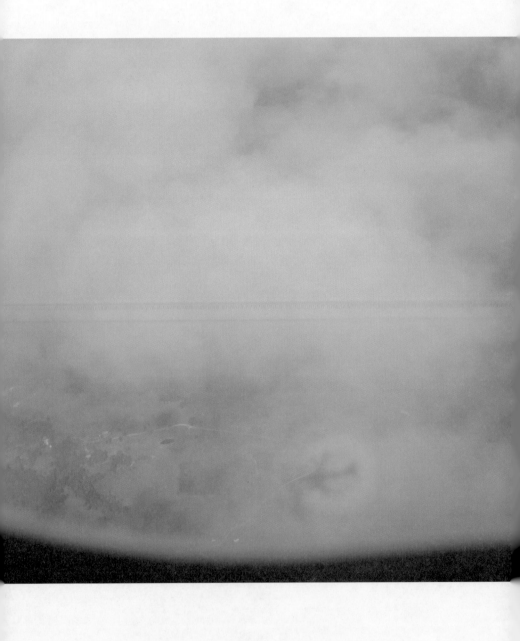

27

布羅肯光環

好好的擁抱自己吧！
用溫暖的雙臂
　圈起一個虹，
全然的敞開的接納自己最真的模樣。
自己
就是最好的守護者。

@南半球的高空

High Altitude at Southern Hemisphere

輯四

染淨之間

01
航廈映畫

航廈裡的大片落地窗，
開啟播放模式。
窗外是繁忙的停機坪，
穿梭，來去。
窗前是雙寂寞之眼，
讀景，讀心。

@樟宜機場・新加坡
Changi Airport・Singapore

02

在途中

旅途
從來不僅是出發與抵達的兩個點。

@波西米亞地區・捷克
Bohemia・Czech

03

無遮

鬆坦寬闊，
就是我們的心
最本然的狀態。

@京都・日本
Kyoto・Japan

04

古寺之簷

逆光下的剪影，
千年寺院之簷，飛鳥
風馳掠過。

@福州・中國
FuZhou・China

05
和而不同

在六角冰晶的共性結構中，
開出了片片獨特的
雪之花。

@大分・日本
Oita・Japan

06
夕照之路

二十四小時都在運轉著的城市，
朝九晚五有時是種奢求的規律。
倦鳥都歸巢的雨後夕陽下，
是下班？抑是上工？

@ 新加坡
Singapore

通行

秩序
是自由的根柢。

@布拉格·捷克
Pargue·Czech

08
雨後

雨，不會一直下；
困難，也不會一直在。
昂首，才能看見那道
心中之彩。

@台北・臺灣
Taipei・Taiwan

09

休石

暫停一下再前進，
不一定會比較慢。

10
染淨之間

每個古文明，
都由一條大河蘊育。
從何時開始，
汲取一瓢淨水，
竟難如蜀道。
那麼，心的染淨呢？

@菩提迦耶近郊・印度
Bodhgaya・India

11
季節相對論

六月值暑，
飛過赤道，在南半球
尋找秋天。

@墨爾本・澳洲
Melbourne・Australia

12

不睡

入夜前的神秘深藍，
是吸引著快門的那顆
強力磁鐵；
也是遊人甘願變紅眼的
理由。

@布拉格‧捷克
Prague‧Czech

13
間隙

在陰雨和放晴的空檔，
雨絲陪著白玫瑰入鏡。
留意著的，還有
每個忙亂與念頭的間隙。

@墨爾本・澳洲
Melbourne・Australia

14

白晝之月

東方微曙，
天際吟唱著
淺藍色的歌。
清晨的圓月
還不願道別，即使
我將離開。

@烏特勒支・荷蘭
Utrecht・Nederland

15
枯與榮

爬上了牆的那些
枯與榮，
也是人生風景。

16
擺渡

是任憑漂蕩還是朝向目的地前進，
決定著
此岸和彼岸的距離
有多遠。

@瓦拉那西‧印度
Varanasi‧India

17
無邊之框

給我一扇窗，
讓我看見
無限寬闊的天地。

即使窗框再小，
都能遨遊。

@加德滿都‧尼泊爾
Kathmandu‧Nepal

18
陷阱的角度

對你而言，是獵捕；
對他而言，這不過是
自投羅網。

@ 新加坡
Singapore

曲水通幽

小舟徐徐
　　擺盪，在櫓與水的交響之中。
前疑無路，
實為幽深寧靜處。

@羊角村・荷蘭
Giethoorn・Nederland

20
穿越

我能看見你。
隔起來的牆，
不隔。

21
度日

翻越那座世界的屋脊，
流亡，是沒有身分的戳記；
故土，已然遙遠。
繽紛之前，
有最深的寂寥。

@ 達蘭薩拉・印度
Dharamsala・India

22

冬藏

水墨般的冬日山水，
眼前但見黑與白，
然於寂靜的沉潛中，
卻悄然的蘊蓄著豐盛。

下一季見。

@杭州・中國
Hangzhou・China

23

跳舞的房子

你看我房子歪得像在跳舞啊？
但我住得挺安穩。

24

有空

我在堆積如山的報表夾層中，有空；
我在柴米油鹽的貨架縫隙中，有空；
我在*Line*與微信飆升的紅色數字中，有空；
我在一班又一班的列車轉乘中，有空；
我在建築物與建築物之間的移形中，有空。

我有空，為了
陪你。

@ 阿姆斯特丹‧荷蘭
Amsterdam‧Nederland

25
步調的速率

總有人連跑帶跳，
總有人和緩步行。
快或慢都無所謂，
一切只是
過程。只要你
仍邁著步。

@京都・日本
Kyoto・Japan

26

晨霧之覺

在第一道日光的前緣
尚未碰觸，
團團的飄移在湖面和眼底。
靜靜待，踽踽行，
在迷霧中，
清醒著。

@ 慶州‧韓國
Gyeongju‧Korea

27
神秘線

傳說，在日與夜的交界，
有條神秘線。
線是用來聯繫著？還是切割開？
聚與散，
其實是個迴圈。

行旅練習帖

作　　　者｜揚　見

攝　　　影｜揚　見

責任編輯｜楊芳綾

發 行 人｜陳滿銘

總 經 理｜梁錦興

總 編 輯｜陳滿銘

副總編輯｜張晏瑞

編 輯 所｜萬卷樓圖書股份有限公司

排　　　版｜菩薩蠻數位文化有限公司

印　　　刷｜森藍事業有限公司

封面設計｜菩薩蠻數位文化有限公司

發　　　行｜萬卷樓圖書股份有限公司

臺北市羅斯福路二段41號6樓之3

電話 (02)23216565

傳真 (02)23218698

電郵 SERVICE@WANJUAN.COM.TW

香港經銷　香港聯合書刊物流有限公司

電話 (852)21502100

傳真 (852)23560735

ISBN 978-986-478-158-4

2018年8月初版一刷

定價：新臺幣360元

文化生活叢書‧藝文采風1306022

行旅練習帖 / 揚見作. -- 初版. -- 臺北市：
萬卷樓, 2018.08
　面；　公分
ISBN 978-986-478-158-4(平裝)

848.6　　107010277